Corinna Franke

Lesebuch
(Band III)

Corinna Franke

Lesebuch
(Band III)

mit Bildern der Autorin aus der Reihe
„August Macke nachempfunden"

© 2022, Corinna Franke
Herstellung und Verlag:
BoD – Books on Demand, Norderstedt
ISBN: 978-3-7557-9299-4

Inhalt

Ich biege die Sichel des
Mondes auseinander
zu einer Linie

***

Torero mit
Mülltüte
als rotes Tuch

Ruh-Ort-Teppich

Ein kleiner Bungalow
überwuchert
mit rotem Herbstefeu
bis über den Rasen,
nur eine Tür
ist zu erkennen,

Landschaftsdelle

Schräglage

Ein Regal
mit schrägen
Böden,
auf einem Brett
liegen Flaschen,
die sich aber
nicht bewegen,
dann und wann
rollt eine Flasche
langsam die Schräge
herunter,
stößt an eine
Zweite,
beide fallen
zu Boden,
zerspringen,
dann ist
wieder alles ruhig.

Kunst

Mein Buddha
hat den Malpinsel
locker in der Hand,

mein Buddha
ist nackt
und von
milchkaffee-brauner
Farbe glänzt
seine Haut,

der Rüssel
meines Buddhas
schwankt
schwenkt
im Raum
hin und her.

Weisheit

Der Stamm
eines Baumes,
pulsierend,
spaltet sich,
ein Loch
im Baum,
darin leben Eulen,
auf dem linken Ast
eine Eule
mit Steinbock-Hörnern,
auf dem rechten Ast
eine Eule mit
riesigen Augen,
eine Lupe haltend,
in der Mitte
zwei kleine Zweige
nach oben ragend,
sich kreuzend
wie zwei Schwerter

Betteln I

Eine Bettlerin kommt an unseren Tisch, meine
Bekannte und ich sitzen vor einem Café, die
Bettlerin bittet um etwas Geld, ich biete ihr
eine Zigarette an, danke nein, geraucht habe
ich heute schon genug, sagt sie, ich habe
Hunger, sie geht davon; einige Zeit später
kommt sie wieder die Straße entlang, ich winke
sie zu mir und gebe ihr 2,- Euro, sie bedankt
sich.
Nach einiger Zeit, ich bin weitergegangen, sehe
ich sie mit einer gefüllten Aldi-Tüte
vorbeigehen, sie scheint Glück gehabt zu
haben.

Betteln II

Ich sitze wieder mit meiner Bekannten in dem Café. Ein Mann kommt vorbei, schaut, geht auf unseren Tisch zu, fragt nach etwas Geld und geht, nach unserem Kopfschütteln, weiter, ohne andere Gäste zu bebetteln.

„Sehen wir so sozial aus, dass die Bettler gerade uns fragen?", frage ich meine Bekannte.

„Tja, scheint so", antwortet sie.

Ich wurde unsanft geweckt. Meine gesamte Verwandtschaft kam in mein Zimmer.

Alle trugen große, weiße Sonnenbrillen. Meine Mutter murmelte etwas von „Oberonkel gestorben".

Die Verwandten wuselten in meinem Zimmer herum, einer goss meine Blumen. Meine Mutter nahm meine Querflöte, schraubte sie auseinander und sagte „Das ist kein Musikinstrument, sondern ein medizinisches Gerät".

Nach und nach verzog sich meine Verwandtschaft, übrig blieb eine ältere Dame, die sich Notizen machte, und ein unscheinbarer Mann mittleren Alters. Ich ahnte, dass es irgendwie um eine Erbschaft ging. Ich sagte zu der älteren Dame „Ich brauche Ihr Geld nicht, ich komme klar. Gehen Sie bitte!"

Nach mehrfachen, immer unfreundlicher werdenden Aufforderungen zu gehen, strich die Dame etwas in ihrem Notizbuch durch. Sie gingen.

Ich stand auf und rauchte erst mal eine.

Die Zauber-Bücher

Es gibt in einer geheimen Bibliothek Bücher,
die einen Zauber in sich tragen.
Solche Bücher darf man, wenn man sie gerade
liest und zwischendurch eine Pause macht, nur
auf den „Rücken" legen.
Die Lumpen, die Bücher auf die
aufgeschlagenen Seiten legen oder Eselsohren
machen, werden mit einer Geldstrafe belegt.
Was aber absolut verboten ist, ist, ein Buch auf
die Titelseite beiseite zu legen. Dann verliert es
seinen Zauber. Bücher dürfen nur nach dem
vollständigen Auslesen auf den „Bauch" gelegt
werden, bei Widerhandlung wird der Täter
geblendet und verliert so sein Augenlicht, so
dass er nie wieder lesen kann.

Ein kleines Tief

Ich stand in der Warteschlange an der Kasse
des Supermarktes. In meinem Einkaufswagen
waren ein paar alkoholische Getränke für eine
Party, ein paar Weihnachtsartikel,
Geschenkpapier, etc.
Plötzlich erschien mir alles um mich herum
irgendwie sehr hoch. Ich befand mich also
irgendwie tiefer.
Ich ging ein paar Schritte vorwärts und war
wieder auf normaler Höhe.
Ich drehte mich um und sah, dass die Waren im
Supermarkt an der Stelle tatsächlich etwas
tiefer standen …

Die Schönheit eines Schattenspiels

Es ist tiefe Nacht, noch ein, zwei Stunden bis
zur Dämmerung. Die ersten Autos fahren an
unserem Haus – wir wohnen an einer
Hauptstraße – vorbei.
Da fällt es mir auf:
Ein Schatten auf dem weißen Hängeschrank,
wie hingetupft, drei kleine Rechtecke, wie mein
dreiteiliges Fenster.
Was mag es bedeuten? Ein Symbol zum
Wiedererkennen?
Dann ein weißer Schatten darüber, der zur
Zimmerdecke läuft, an der Decke entlang und
verweht, fast wie ein Traumgewebe.
Der Schatten auf dem Schrank verschwindet,
dafür ist auf der gegenüberliegenden Wand ein
schmaler, heller Strich.
Da läuft ein Strich über die Zimmerdecke,
entschwindet.
Träumerisch versunken betrachte ich dieses
Schattenspiel und genieße das kleine Glück.
Ich erinnere mich an eine Zeit im Krankenhaus,
als ich schwerkrank darnieder lag. Oft, wenn
ich nachts nicht schlafen konnte, beobachtete
ich den Schatten gegenüber des Bettes, ein

wogendes Etwas aus Licht und Blättern – der nahe Sportplatz wurde mit Licht geflutet. Stundenlang konnte ich dieses Schauspiel betrachten und hatte dann ein wohliges Gefühl im Bauch.

Nun sitze ich gesund und munter auf meinem Bett zu Hause und rauche genüsslich eine Zigarette.

Haikus

Strich endet in Rechteck – aus
Licht gebor'n – Feder-
kiel und Tintenglas.

***

Schatten jagen sich
Schatten fliegen zum Himmel
entschwinden ins Nichts.

Die Buchseite – das Auge

Wir schlagen ein Buch auf, rechte Seite, unser
Auge schläft,
      dann lesen wir die fette Überschrift,
das Auge wird aufgerissen, die Pupille liest
hart,
      dann senkt sich das Lid wieder und nur
langsam beim Lesen der Seite öffnet sich das
Auge, man versteht den Sinn,
      bis zum Seitenende, dann schließt sich
das Lid wieder,
es fehlen nur die Wimpern,
      die Seitenzahl, ein Tränenkanal mit
Zählwerk, wie viele Tränen schon vergossen
wurden,
      die Fußnote wie kleine Glitzersteinchen
auf dem Augenlid, mit einem Strich aus Kajal,
      eine Locke fällt in die Stirn – das
Bändchen des Lesezeichens,
der Umschlag des Buches – die Maske.

Sie liegt im Bett und beschäftigt sich zum
Einschlafen mit germanistischen Fragen.

Sie: Heißt es „sie flicht" oder „sie flechtet"
einen Zopf?

Er sitzt am Computer und hört Radio über
Kopfhörer.

Er: Was?

Sie: Heißt es „sie flicht einen Zopf" oder „sie
flechtet einen Zopf"?

Er: Sie ist dabei, einen Zopf zu flechten.

Sie: Du weichst aus.

Er: Sie flicht.

Sie: Und „Du „flichst" oder „Du flechtest"?

Er: Lass mich mit so einem Quatsch in Ruhe.

Sie: Ich finde das aber wichtig.
Ich flechte.

Er: Ich flüchte.

Er pupst.

Sie: Der Pups entfleucht.

Sie: Oder flichst Du einen Pups?

Macht. Ekel. Antipathie.

Ich wollte ihn nicht einladen, ich mochte ihn nicht. Er kam mir vor wie eine Nacktschnecke auf ihrer Schleimspur. Ich könnte ihn zertreten.

Mein Alter Ego war eher eine hübsche kleine, helle Schnecke mit einem kleinen rotbraun gemusterten Häuschen, die lustig mit den langen Fühlern hin und her wackelte.

Er hatte etwas von einem nackten Baby, etwas leicht Behindertes.

Die anderen wollten ihn einladen, aber ich legte mein Veto ein, spürte dabei meine Macht.

Die Glückseligkeit von Anton O.

Anton kommt mir wieder nah. Ich wehre
wieder mit aller Kraft ab.

Dann stelle ich mir – wieder allein – vor, ich
schlafe mit ihm. Ich kann fast spüren, ich halte
ihn ihm Arm.

Später kommt Anton tatsächlich zu mir. Ich
werfe das Wort „Hyperon" in den Raum. Anton
schaut im Lexikon nach. Er liest vor:

Hyperon:
Glückseligkeit am 1. Tag einer endlich
zugelassenen selbst gesteckten Liebe.

Sein Kommentar dazu:

„Das geht doch gar nicht" und lachte. Wenn er
nur wüsste, dass er damit gemeint ist …

Die Erlösung des Anton O.

Anton bedeckt mein Gesicht mit Küssen.

„Es darf nicht sein", sage ich und wehre mich kaum. Es ist wunderschön.

Dann steckt Anton kurz seinen Penis in mich und zieht ihn wieder heraus.

„So, das musste jetzt mal sein", sagt Anton.

Gefühle mit Worten auszudrücken
ist wie mit Mehl Blei gießen.

Ein ruhiges Gewissen –
große weiße runde Kieselsteine
am Boden,
die angebrachten Nägel
auf der Unterseite.

Bis jetzt waren
es nur Stachel,
aber jetzt kommen
die Federn.

Zwischen zwei Rapporten
gibt es eine Lücke,
eine Idee,
die explodiert.

Das Angebot
im Supermarkt
schlägt ein
wie eine Bombe,
zerfetzt Regale,
entsetzte Kunden,
Chaos.

Anton O. – Anfänge

Du hattest Dir vorgenommen, Dich in mich zu
verlieben, und dich so verhalten, ich reagierte
darauf und verliebte mich in Dich.
Du sagtest es mir, und ich antwortete:
Jetzt im Nachhinein habe ich es gemerkt und
weiß noch genau den Zeitpunkt.
Du erzähltest vom Militär, um mir zu zeigen,
dass wir nicht zusammen passen.

Die Buchstaben krabbeln wie kleine Insekten
aus den Buchseiten ...

Anton O.'s Umklammerung

Anton liegt auf dem Bett, ich sitze auf der
Bettkante mit dem Rücken zu ihm. Ich will
aufstehen, er hält mich mit Beinen und Füßen
fest. Ich versuche, mich zu befreien und mache
die Beine breit.
Es fühlt sich sexy an.
Anton sagt: „Ich will, dass Du Deine letzte
Kraftreserven mobilisierst."
Ich versuche es und kann mich endlich aus
seiner Umklammerung befreien.

Gefühlsmäßig
bist Du
nicht vor mir
oder hinter mir,
sondern
neben mir

Ein Grashüpfer
umfängt eine Harfe
und zupft auf ihr

Glück mit Anton O.

Anton und ich waren in einem Raum.
Ich ging ein wenig auf ihn zu, er kam zu mir,
wir berührten uns, fast eine Umarmung.
Es war das schönste Gefühl seit langem.

Und jedem Ende
ist ein Zauber inne

(In Anlehnung an H. Hesse)

Der kleine Schlupfwinkel

Es war einmal ein kleiner Schlupfwinkel, der war gerade so groß, dass ein bequemer roter Sessel hineinpasste.

Er wanderte durch die Stadt und dort, wo es ihm gefiel, stellte er sich in eine Ecke.

Einmal stand er in einer Kapelle. Eine alte Frau betrachtete ihn, setzte sich auf den roten Sessel und betete:

„Lieber Gott, meine Tochter ist schön, aber unglücklich. Sie weiß nicht, was sie ihrem Leben machen soll und hat dazu noch Liebeskummer. Bitte hilf. Amen."

Der kleine Schlupfwinkel hörte die Worte und beschloss, dieser Tochter zu helfen. Er fand heraus, wo sie wohnte und stellte sich dort samt rotem Sessel in einer dunkle Ecke.

Als die Tochter den Schlupfwinkel bemerkte, ging sie zu dem Sessel und setzte sich hinein. Sie weinte über ihr Unglück und schlief dann in dem bequemen Sessel ein.

Sie träumte, sie würde mit dem roten Sessel über den Wolken fliegen und die Landschaft betrachten.

Sie war glücklich.

Als sie erholt erwachte, wusste sie, was sie wollte:

„Ich will Stewardess werden, fliegen und andere Länder bereisen."

Schön genug für diesen Job war sie. Gesagt, getan. Sie wurde Stewardess und lernte einen netten Russen kennen. Sie war wieder glücklich.

Das halbe Glück
zurückziehen,
das kleine Glück
bewahren,
das große, ganze Glück
erwarten.

Die Maiglöckchen
blühen dieses Jahr nicht.
Wo bleibst Du, mein Geliebter?

***

Ich musste viele Zweige
vom Rosenbogen abschneiden,
aber unsere Liebe blüht wie nie.

***

Ich lese Liebesgedichte,
der Abendhimmel leuchtet rosa,
ich küsse Dich.

***

Ein totes Rotkehlchen auf
dem Treppenabsatz,
es hat es nicht geschafft,
Du trauerst um Deinen
Lieblingsvogel.

***

Das tränende Herz
blüht früh,
der Regen lässt
sein Rosa leuchten.

Samstagmorgen
oder
Die Taube

Leise Musik im Radio,
ein Stück von Rachmaninoff,
eine Taube gurrt.

Der Wecker tickt leise, aber regelmäßig,
tick-tock, tick-tock,
die Taube gurrt.

Ein Auto fährt am Fenster vorbei,
ein leises Rauschen,
die Taube macht gurr-gurr.

Ich denke an Dich, Taube,
wie verliebt ich damals war,
eine zweite Taube gurrt dazu.

Blick durch's Fenster

Aus dem Balkonkasten des Hauses
auf der gegenüberliegenden Anhöhe
ist ein Krümel Erde
auf meine Fensterbank
gefallen.

Ich gebe Dir Farben,
Du malst meine Träume aus.
Ich pflücke Sterne vom Himmel
und verteile sie auf Deinem Bett.

Rote Steinplatten
dazwischen
Unkraut und Gräser

meine Herzgegend

Haikus

Schwärmerei

Wie ein Schmetterling
schwärm ich durch die Nacht,
der Mond ist nicht mehr ganz voll.

***

Die Kerze flackert
leicht im Wind, der Mond
leuchtet durch's off'ne Fenster.

59

1

Die Achillesferse
juckt,
die kleine Wunde
in meinem Herzen
vernarbt.

2

Eine kleine **Neu**-ig-keit

und
die Seele
heilt.

3

Ein belebendes
Getränk,
nach Wahl,
eine Lieblingsspeise,
die Pracht
schöner Blumen,
eine feine Mä(h)r

und
Herz und Seele
leben auf.

4

Das große
blau-goldene Etwas
und etwas Rot
suchen und finden

und
Herz und Seele
ruhen in sich.

Suchst Du
nach dem blau-grauen Etwas
und etwas Rot

findest Du
die Liebe zum Menschen

Suchst Du
nach etwas Blau-Gelbem
mit etwas Rot und Grün

findest Du
die Liebe zur Natur

Suchst Du
etwas Blau-Goldenes
mit Rot und Grün

findest Du
die Liebe zur Malerei

63